KB274753

잎새 바람

잎새 바람
홍금자 시집

초판 인쇄 | 2008년 6월 15일
초판 발행 | 2008년 6월 20일

지은이 | 홍금자
펴낸이 | 신현운
펴낸곳 | 연인M&B
디자인 | 이희정
기 획 | 여인화
등 록 | 2000년 3월 7일 제2-3037호
주 소 | 143-874 서울특별시 광진구 자양동 680-25호(2층)
전 화 | (02)455-3987, 3437-5975 팩스 | (02)3437-5975
홈주소 | www.yeoninmb.co.kr
이메일 | yeonin7@hanmail.net

값 7,000원

ISBN 978-89-6253-000-1 03810

잎새 바람

홍금자 시집

시집
『창가에 심는 그리움의 나무』
『너는 바다 크기로 내 안에 들어와』
『하늘에 걸린 정원』(황금찬, 홍금자 2인시집)
『그대 따라 나서는 길』
『목마른 나무가 되어』
『유년의 우물』
『고삐 풀린 시간들』
『우수 날의 강변』
『너를 바라보는 것만으로도 기쁨인 날』
『새벽 강 저쪽』

가곡 시
〈그 사랑 앞에서〉 허방자 곡, 이원문화센터 공연
〈꿈꾸는 아이〉 임준희 곡, 이원문화센터 공연
〈그리움의 나무로〉 오숙자 곡
〈해맞이〉 이찬해 곡, KBS FM방송
〈그날이여〉 이안삼 곡, KBS홀 공연
〈한강 환상곡〉 이동훈 곡, 예술의 전당 콘서트홀 공연
〈사랑은〉 이안삼 곡, 금호아트홀 공연
〈사랑의 나무〉 임긍수 곡, 부산시민대극장 공연
〈제주 풍경〉 최영섭 곡, 제주문예회관 공연
〈잎새 바람〉 이안삼 곡, 문학의 집 서울 공연
제1회 대한민국 가곡제 시 〈사랑은〉, 영산아트홀 공연

| 自序 |

스무 해를 넘긴 글쓰기

스무 해를 넘긴 글쓰기
아직도 세련된 언어의 살결 가져 보지 못한 채
두 권의 시선집을 합해 열한 번째의 시집을 묶는다.
늘 글쓰기의 한기에 시달리고 있지만 지금도 내 글은
수묵화의 그림처럼 시의 산허리에 구름이 감겨 보일 듯 말 듯하다
그러나 한 가지 분명한 것이 있다.
시 쓰기의 즐거움이요, 행복감이다.
인생을 살아가면서 이토록 분명히, 명료하게 말할 수 있는 말
바로 시를 만난 기쁨이라고 고백한다.
이번 시집은 주로 낭송을 위한 시들과 신앙 시,
가곡 시들로 모았다.
거의 청탁에 의해 쓰여진 작품들이라 주제가 겹치는 시들이 있다.
또한 가곡을 위한 시들은 노래에 맞추어 쓰다 보니
시의 형식에서 빗겨간 부분도 있다.

이 시집을 통해 시를 사랑하는 독자들과 함께
기쁨을 나눌 수 있길 바라며 이 책이 나오기까지
애써주신 여러분들께 감사를 드린다.

이천 팔년 유월에
홍금자

| 차례 |

1부

3부

1부

그 사랑은

그건
전신에 퍼져 있는 전염병

뜨거운 길목에서
벗은 발로 내닫는
원시의 마그마

시각 세포에 포착된
광기 어린 발광체

마른 입술에 매달린
마지막 이슬 같은 반짝임

그건
깊은 너의 발자국 인식하는 로돕신.

* 로돕신 : 인간이 빛을 인식하는 세포.

독백처럼

두 그루의 낭구가
버팀목에 기댄 채
몸을 불리고 있다

세월이 건네준 시간 위로
허리도 제법 굵어지고
키도 자랐지만
어미는 늘 눈이 여리다

세상은 가까이 섰을 때보다
한 발 아니 두서너 발 물러섰을 때
더 잘 보이는 것이라고

사람 사는 세상은
옷깃 스치는 소리 들려야
아름다운 거라고
일찍이 일러주지 못했다

무엇이 그리 두려웠을까
가슴 안쪽 빗장 걸어둔 말
비틀대며 지나온
발자국이 부끄러워서였을까
기어이 독백처럼
"자식은 내가 만든 빛이거늘."

잎새 바람

그대,
맑은 이슬로만 이는 바람이여
눈부신 햇살 속에서
남몰래 키워온 잎새의 비밀
서로의 가슴과 가슴을 맞대고
세상의 거센 폭풍 맞으면서도
넉넉히 품는 그리움이여
고향의 순하디 순한 풀밭에서
맨발로 일어서는 잎새 바람이여.

젊은 아비의 겨울

세상이 좋아졌다고들,
디지털 시대가 왔다고들,
…… …… ……

간밤 꿈도 없는
이 세상 가장 슬픈 가장이여

우주 끝 벼랑에 매달려
허기도 잊은 채
허공에 내린 한 가닥
밧줄에 목숨을 건다
가슴까지 차오르는 눈 속에서도
운명처럼 발을 묻고 서 있는
이 시대의 젊은 아비들

어린 딸과 약속한
인형 가게 앞에서
빈손인 아비는 박제 인간이 된다

이미 목덜미 뒤로
내려앉은 상실, 그리고 존재.

겨울 가운데서

눈 내리고 바람 불고
그 한 해의 잎들이
고향을 떠났다

언 손 녹여주던
어머니의 입김도
내 정수리의
한 끝에서 날아갔다

날 선 바람
안간힘으로 버티고 있는
마지막 잎들마저
흔들어 놓고는
군고구마 난로 속으로
동화처럼 들어앉는다

겨울 안개가
스스로 강이 되어
흐르는 저녁
시린 사람들의 발목을
놓지 않는 이곳은
여전히 마른 기침만 쏟아낸다

열고 들어가야 할 땅은
아직도 먼발치서
말씀을 기다리고 있는데.

이사를 하면서

서교동 451번지
골목 두 번째 집
애써 쌓아온 오랜 정
서로가 놓고 싶지 않은
끈질긴 인연
야멸차게 뿌리친다

아무것도 모른 채
긴 목 늘인 넝쿨장미
늠름이 서 있는 목련나무
저마다 제자리 찾아 앉아 있던
모과나무, 감나무들
어느 것 하나
가슴 밟히지 않는 것이 없다

이사는
이미 오래 전 예견된 일처럼
재빠르게 자리를 털고 일어선다
손때 묻은 물건들이
거미줄처럼 엉겨
재활용 사각 상자에 담겨지고
뿌리째 뽑힌 내 삶의 둥지
백기를 들고 철 대문 위에서
허공에 펄럭이고 있다.

오월의 장미

적막 속 오후 담장 너머로
모가지가 휘도록 고개 내밀고
핏방울 뚝뚝 떨구는 순교

생땅을 발돋움으로 딛고 선
가시 돋은 목숨 하나

사흘 전 철든 소녀의 초경처럼
혈관 속 출혈하는
오월 이른 저녁의 장미.

지금, 서해 바다는

모든 것이 사라졌다
바다와 더불어 엮어온
삶을 뿌리째 흔들어 놓았다

바다는 죽었다

지금 바다는 새까맣게
주검으로 떠 있고
타르를 뒤집어쓴 바위는
숨구멍을 찾지 못한다

서해는 이제
실핏줄 모래 속까지
철저히 봉해버린 동맥경화
아니 고딕체의 근육 위축증
생명을 더 이상 잉태할 수 없는
불임모가 되었다

아니다
바다가 죽었다고 누가 말했나
깊은 상처로 혼절한
육체를 일으키기 위해
잠시 숨을 고르고 있을 뿐이다

죽음의 검은 외투를 벗기 위해
스스로 입술을 깨물고 있을 뿐이다

어찌
바다가 바다를 버릴 수 있겠는가
누구도 바닷물을 다 퍼낼 수 없듯이
바다에 목숨 대고 사는 사람이 있는 한
바다는 죽지 않는다
더 큰 사랑 채우기 위해
긴 호흡을 하고 있을 뿐이다

오, 포세이돈이여!
어서 입을 열어다오.

* 포세이돈 : 그리스 신화에 나오는 바다의 신.

나는 여자다, 나는 어미다

나는 여자다
비록 꽃 같은 예쁨 없어도
꽃 같은 향기 없어도
나는 여자다

나는 어미다
제 살점 하나하나 뜯어내는
가시고기다

내 머리 위에
이승에서 떠메고 온 짐들
다 얹어 달라 기도한다

내 안에
마지막 남은 고운 것들
내가 뿌린 저것들의
가는 길 위에
마지막 남은 시간의 잔을 들어
보석처럼 뿌리고 싶다고
두 손 들어 간구한다

고목이 되어서도 썩지 않는
주목나무 한 그루가
내 곁에 우두커니 앉아 있다

나는 여자다, 나는 어미다.

숲에서는
—층층나무 아래서

모든 살아 있는 것들의 날갯짓

숲의 소리에서
한 줄기 내 안의 가락을 듣는다

키 큰 잣나무 사이에 끼여
겨우 어깨를 비집고 들어앉은
층층나무 한 그루
긴 적막의 끝 견디며
엷은 빛줄기
가난의 손 벌려 받는다

엄숙한 생존의 법칙 순응하며
어느 염세주의자의 독백처럼
거친 생명의 덤불 헤집고 섰다

죽어서 더 오랜 삶 누리며
백골로 전설을 만드는
저 요세미티 산상의 나무들처럼

오늘
나는 험한 생의 층계 오르듯

층층이 줄기 세워 잎을 달고
숲이 서럽도록 부는 청청한 바람을
벗은 가슴으로 맞고 서 있다.

분홍빛 호수
—세네갈 소금호수에서

생명의 소멸
분홍빛 유혹이다

호수로 떨어지는
지상의 모든 목숨들 삼키는
깊은 죽음의 입이다

정적으로의 침잠
붉은 물결은
여전히 허기에 빠져 있다

수직으로 꽂히는 햇살 아래
황홀히 부서져
소금이 되는,

아프리카의 양식이 되는,

소금을 길어 올리는
까만 여인네들의 남루가
하얗게 웃는 이빨 사이로
스물스물 기어 나오고 있었다

가난을 천명으로 여기는
어진 이들의 붉은 발자국들

사멸에서 또 다른 생명을
일으켜 세우는
아픈 보석밭이다.

저무는 시간들 위로

마지막 저무는 계절을
순교처럼 맞는다

윤곽으로만 떠 있는 낮달을
싱겁게 목에 건 키 큰 소나무
그 곁으로 아무렇게나 뒹굴고 있는
아픈 생명들이 있다

켜켜이 쌓여만 가는
묵은 날들의 무게에 눌려
한 걸음도 뗄 수가 없다

백화점의 현수막들은
'불우이웃돕기 바자회' 란
글귀를 만장의 깃발로 흔들며
헤픈 웃음을 흘린다

겨드랑이쯤의 거리에
날마다의 햇볕에 그을린
명호네 젊은 아빠
이미 공원 속의
텃새가 되어버린 지 오래다

함부로 드러낼 수 없는
낡은 시간들은 비틀대며
퇴색되어 가는 기억들을 삼킨다

긴 어둠이
몸서리쳐지는 하루의 끝자락
그래도 아직은
하얀 이 드러내며 웃는
아들놈의 얼굴이 벽화처럼 또렷하다

저무는 시간들 그 위로
세상은 아름답게 물들어 가고 있다.

여자는

여자는 어미 캥거루
배 주머니 속에 가득
고통의 눈물 담고 산다

아픈 상처 다독이며, 봉해 가며
맨발인 채 그렇게 살아간다.

계절은 비밀처럼

바람 몹시 부는
이월 하순쯤
뜰 앞 모퉁이에
겉옷 벗어 던지듯이
돌 틈을 비집고 나오는
아니 비밀처럼 소리없이 오는
저 여린 싹의 강인함이여

곤두박질치는 세상살이에도
여전히 약속된 날짜 잊지 않고
지키는 그 생명에 가슴 벅차다

삶이 저린 고통이 되고
목숨 삭아 내리는 아픔에도
먼저 손 내밀며 오는
푸른 계절 앞에
아주 무겁게, 뜨겁게
가벼운 두 팔을 얹는다.

욕망의 무게

어머니 보셔요
밖엔 지금
함박눈이 저렇게 쏟아지고 있어요

벗은 감나무 꼭대기에
한 점 남은
주황색 연시가 얼어붙고
거리엔 영혼이 저린 사람들이
한 움큼 온기를 기다리고 있어요

어머니 보셔요
도시의 골목마다
십자가 빠알갛게 익어
누군가를 기다리고 있지만
세상 것 놓지 못한
욕망의 무게
붉은 상처만 남기고 있어요.

2부

서울

나 알겠다
이제 알겠다
서울이 어여쁨인 것을

억만의 빛으로
황홀히 꿈꿀 수 있는
땅인 것을

나 이제 알겠다.

서울 숲에서

저 넘쳐오는 녹색의 바다

한 마디 말 건넴도 없이
그저 그리움 터져나듯이
자랑처럼 걸어 나온
푸르름이여

단단한 문 밀어제치고
숫아오르는 햇살로
진록의 몸 부벼
세상 나무들의 이름
죄다 불러 모은다

녹음 한낮을 울리는
오월의 오페라.

참 이상도 하지요

참 이상도 해요
내 영혼, 내 사랑
나이를 먹지 않나 봐요

젊은 날
뜨거웠던 그 사랑
향기롭던 그 숨결
나이 든 지금도
오롯이 남아
나를 부끄럽게 물들여요

참 이상도 하지요.

태어나는 것은 모두 아름답다

새로 태어나는 것은
모두 아름답다
갓 태어난 아기가 그렇고
표피 마른 나무에서
돋아난 새순이 그렇고
그리고 겨울 땅 밀치고 나온
파란 싹이 그렇다

오월 숲에서
향기를 뿜는다
봄날의 모든 것들은
모진 고통 이기고 돌아온
개선장군의 기쁨이다

이팝나무, 산초나무, 하얗게 핀
나뭇가지 사이로
그리움의 분자들이
꽃잎처럼 모여드는
늦은 봄 오후

나른한 일상에서
새 생명을 얻듯
날개 없는 탈출을 시도한다.

그래도 봄은

꽃 피기 전
어김없이 꽃샘추위가 온다
철 아닌 눈바람에
성질 급한 개나리가 혼절을 한다

우수날도 지난 지 오래다

황량한 시간의 긴 끈은
여전히 풀릴 줄 모르고
봄날 하루 종일 하얀 눈을 쏟는다

생나무 울타리 사이를 비집고
봄풀 냄새가 생의 깃발 세우며
이른 저녁 상 머리에 나풀댄다.

봄밤은

기억 속의 이름들
보이지 않는 시간 속에서
퇴색된 언어들이
이따금
내 깊은 살 속을 뚫고 나온다

바깥세상은
꽃 이파리들과 사람이
어우러져 밤을 지킨다

전설이 되어버린
오래된 이야기들
이 밤 줄지어 나오고
슬픔처럼 그리움이
낭자한 하혈로 내린다

잠시 머무는 지상의 꿈
꽃눈 퍼붓듯 쌓여가는
봄밤의 아픔.

윤중로의 밤

지금 여의 섬은
온통 꽃들의 아우성

하늘 아득한 곳에서부터
내려오는 축복이다

어둠이 지상으로
깊게 엎드리는 시간
밤은 스스로 빛을 발하고
살아 있는 모든 것들은
출렁이기 시작한다

꽃잎들의 저 처연함
이날을 위해
묻어 두었던 목숨들이다

겨우내 부활을 꿈꾸었던
만삭의 침묵

잠시 바람이
꽃들을 떨구며 지나간다
그 위를 발자국도 남기지 않고
무수히 지나는 발걸음들의 잔인함
지독한 죽음이다

아름다움이 지쳐간다
이 밤 섬 속의 풍경들
여인의 관능처럼 뿜어대는
윤중로의 밤.

채소 가게

42

온종일을 흥정으로 지친
시장 두 번째 채소 가게 주인이
겨우 허리를 펼 때쯤이면
어둠이 정강이까지 찬다

무겁게 흔들리는 날마다의 생존
안간힘을 써 겨우 붙잡아 두지만
따뜻한 한 끼 식사가
사치가 되는 하루
소란한 일상은 늘 그에게
블로그를 걸어둔 다음 카페.

봄, 그리고 침묵

여의 섬을 건너 몸을 씻고 온
아침 새들이
늦잠에서도 깨지 못한
젊은 노숙의 어깨를 흔든다

이미 오래 전
겨울이 봄을 기다리듯이
세상 것 다 부려 놓고
목줄기 세워
또 다른 생 하나를 기다린다

서러움, 쓰라림, 낯설음
황량한 침묵만 있을 뿐

다시 계절을 넘어
풀잎들을 일으켜 세우고
봄 강은 더욱 빠르게
안개를 피워 내지만
공원 속 아비는
햇살마저 거부한 채
낮 꿈속, 고통에서 풀려나
어린것들의 노래를 듣고 있다.

사월의 꽃잎들

꽃비를 맞는다

저 무리져 날리는 꽃 이파리들
구국의 전사처럼
말없이 떨어져 눕는다

꽃 무덤 위로
비가 내린다

깊고 오래된 이야기 하나
흩어져 날리는 꽃잎들마다
사월의 비극을
전설로 만들어 내고 있다.

꽃, 그 죽음의 향연

꽃잎들을
가슴으로 받쳐든다

정갈한 신부의 순결처럼
달콤했던 언어들도
푸른 잎새들 사이에서
숨을 거두고
또 다른 고통의
산실을 차릴 채비를 한다

머지않아 열매를 맺어야 하는
처연한 산고
어찌 사람뿐이랴

지는 꽃잎으로 하여
터져 나오는
또 하나의 생명의 몸짓.

맨살의 강물은

맨살로 출렁이는 강물
비가 내려도 젖지 않는다

우산 받치고 서서
흐르는 강물의 이야기를 만난다

쌓여만 가는 시간의 층계

오늘도
서로의 다른 표정으로
하루를 만나고 돌아섰던 일들이
시퍼렇게 흘러가고 있다

여전히 강물은
헛발 딛지 않고 흐르는데……

생의 조각들

그물 진 잎새 만큼이나
주름진 얼굴이다
그 위에 하얀 분을 입혀 본다
웬일일까
더욱 선명하게 파인 계곡들

짙은 녹음이
숲으로 쌓여져 가는 날

지나온 허구의 생들이
목덜미까지 차올라
칭칭 동여맨 끈들로
꼼짝없이 갇혀 있다

단단한 각질로
또렷이 각인된 허물들
저 초록 물 훔쳐
부끄러운 삶 조각들
곱게 물들이고 싶다.

이건 영등포역에서만 팔아요

오가는 많은 사람들
막막하기만한 이승의
서러운 사연들 짐 지고
플랫폼에 밤을 눕힌다

오늘 따라
온갖 것 다 지우는
백색의 눈이
서러움의 깊이만큼 쌓여가고
영등포역에는
지금 막 열차가 들어오고 있다

자, 어서 손을 내밀어 봐요
별처럼 쏟아 내리는
저 충만한 빛을 바라보아요
빈 방에 고여 있던
그 빛 외면치 말아요
소중한 자신을 찾아요
설혹 누구도 당신의 아픔
어루만질 수 없다 해도 말예요

여기 당신만을 위한
희망의 가게가 있어요
이건 영등포역에서만 파는 거예요

영등포역에는 사람도 많고요
우리가 사는 데는 눈물도 많지요
아리랑 아리랑 영등포역 아리랑
아리랑 영등포역 아리아리 아리랑

내일의 태양이
미루나무처럼 서서
너와 나를 비추고 있어요

자, 어서 가슴을 열어요.
이곳 영등포역에서.

영등포 로터리

영등포 로터리
눈이 내린다

여덟 갈래의 길이
늘 낯설다

살아가는 날들이
어지럼증이 되어버린 지 오래다

문득 어린 날
잃었던 골목길의 비밀처럼
유혹하는 신호등이
내 앞에 마주 선다

눈 쌓인 로터리에도
가야 할 길이 있었다.

3부

새벽 예배당 가는 길

잠 못 드는 불면의 밤
사월의 허기진 눈발로
속가슴 열병을 앓고
바람에 뒤척이는 나무 이파리들이
쌓여만 가는 시간 붙들고 늘어진다

하얗게 이팝나무 꽃 핀 사이로
머쓱한 생각들이 고개를 든다

추억으로 새겨질 것들과
낯선 날들이 마중하는
새벽 예배당 가는 길

안개가 밀려든다
희미하게 말씀이 내리는
공원 빈 터
나직이 구원의 손을 기다리는
노숙의 저린 목숨 하나.

첫새벽 기도

눈발에 묻어 내리는 어둠이
나직이 수은등 밑으로 가라앉고
영혼이 시린 이들이 돌아오는 길 위에
하얀 적요의 빛을 뿌린다

희디흰 것에 마냥 서투른 사람들은
애써 지나간 시간의 허물들을 지워 보지만
묵은 세월의 흔적들은 여간해 놓질 않는다

거칠고 더러워진 손
지치고 메마른 가슴들은
추위에 헐벗음으로 서서
그래도 땅 위로 공평하게 내리는
절대자의 은총을 겸손히 받는다

처음으로
사람이 사람을 만나고
어그러져만 가는 세상의 소용돌이
그 자리에 세워 놓은 채
목숨을 아끼는 아름다운 세상이기를
고백처럼 눈시울 적시는 기도를 드린다
첫새벽에.

십자가의 언덕

억겁의
깊은 잠에서 깬 바다가
육지로 나왔다

페리파자의 열린 동굴 문
그 속엔 신비의 말씀이
그네를 타고 있었다

천길 벼랑의 절벽
그 헌신의 번제
신앙을 위해
어린아이 울음조차
허락되지 않았던 땅

사과교회, 시몬교회, 신발교회
꽃처럼 붉은 노을 끌어들여
숨죽인 제단 앞에
눈물의 기도 어둠을 밝힌다

공중에 매달린 창문마다
이교도의 거친 아우성 소리, 소리들
목을 조여오지만
십자가의 언덕 아래
순교의 종소리 울리고

척박한 땅에
포도나무를 심는다

문 닫힌 은밀한 장막에서
두려운 자들의 묵상이
생명의 씨앗을 키워내고 있었다

하나님의 두레박이
축복처럼 내리던 곳
버섯바위 괴뢰메

저무는 언덕에
지극한 찬미의 피리소리
아직도 청청하고
오랜 세월 묻어 둔
세상에서 가장 아름다운
영혼들을 여기에서 만난다.

* 괴뢰메 동굴교회 : 페리파자(바다 속 땅이 융기, 침식 등 지층의 변화로 버섯 모양의 육지가 된 곳에 기독교인들이 박해를 피해 숨어살던 곳)

예수님의 밤
—자폐아의 연극에서

1; 똑, 똑 ,똑
   빈 방 있습니까?
   하룻밤 자고 가게 해 주세요

2; (아무런 반응이 없다)

1; 여기 금방 아기를 낳을 산모가 있어요
   방이 없으면 헛간이라도 좋으니 제발 허락해 주세요

3; 지윤아! "방 없다고 말해" 어서—
   빨리 말해, 얼른 말해 봐, 지윤아—

2; (입을 열지 못하고 있다)

1; 여보, 이곳에도 방이 없나 봐요
   아무래도 다른 곳으로 가 봐야겠어요

2; (갑자기 달려 나오면서)
   여보세요, 가지 말아요
   다른 곳으로 가면 안 돼요
   우리 집에 따뜻한 방이 있어요
   어서 들어오세요

3; 지윤아! 그게 아니야,
  방이 없다고 말해야 되는 거야

* 벌써 지윤이는 아기 예수와 누워 있었다
천사의 눈엔 눈물이 고이고
지윤이의 목소리는 금빛 날개를 달고 하늘을 오르고 있었다

신비의 베일을 두른 성탄절 아침
구유에 한 세상이 빛을 드러내고 있었다.

성탄 날에

공원의 빈 의자 위에
혼자 쌓여가는 은빛 고요

꿈을 깨우는 새벽 미명
차디찬 몸뚱이 위엔
아무것도 얹히지 않고
기도마저 흔들리고 있다

낮 동안 늘 찾아오던 회색 비둘기
가난한 창가에 머물다 되 가고
냉골을 베고 자는 지하 단칸방
일곱 살 은영이의 눈물이 고여 있는 방
그 밤에 사랑처럼 눈이 내린다

작년 이맘때
교회 첨탑 꼭대기에
빠알갛게 열리던
색색의 십자가
올해도 어김없이 반짝이는데
노엘의 종소리는 그친 지 오래다

상처 난 자 등에 업고
겉옷을 나누던 선한 사마리아 사람의

그 따뜻한 손길
도무지 뵈질 않는다

꼭 이 밤만이라도
추워 떨고 있는
우리들의 무거운 영혼들
성탄을 밝히는
사랑, 용서, 화해의
등불을 켤 수만 있다면
이 성탄 날에.

오늘 밤은

출렁이는 바다 위를 걸은 후에만
닿을 수 있는 주님의 땅

몇 번이고 절망의
눈물을 넘고서야
잡을 수 있는 옷자락

사랑, 또 사랑
맨발로 서야만
만날 수 있는 이시여

오늘 밤
내 폐허의 땅에서
당신의 이마에
겸손히 입술을 댑니다.

별과 아이들

배고픈 시절엔
하늘의 별은 퍽이나 컸다
아버지 주먹만한 별들이
머리 위로 우두둑 우두둑
무겁게 떨어지고
별을 먹고 자란
아이들은 황홀히 컸다

여기저기 붉은 열매
투명한 눈 반짝이며
허기진 아이들은
빈 하늘 속 슬픔만 보고 있다

이제
하늘의 별은 너무 멀어
보이지 않는다

오늘 밤
인자하신 이 손 내미시어
가난한 눈물 닦아주시며
맘껏 하늘의 별
따오라 말씀하신다.

새해, 새 노래를

62

다시 새해
추운 나목 위에
앉아 있는 겨울 햇빛
살아 있는 이들의 시린 영혼들이
낮은 햇볕에 마음을 덥힌다

따뜻한 사람들과 꿈꾸며
걸어가야 할 새날
헐벗은 열망이 힘겹다

이제 한 해의 삶을 마감하고
새해의 날들 끌어 모아
모든 이들에게 축복이 되고자
추운 길, 걸어오신 새해
얼음처럼 꽁꽁 언 날들
서로의 용서와 화해 평안을 기다린다

눈밭에서도 싹틔우는
기쁨과 소망이 있듯이
우리 모두 가슴을 열자

눈 온 날 아침
괜스레 가슴 설레듯

이웃과 서로 손 마주잡고
웃음 인사 나누며
새해 아침을 맞자.

3.1절에

세상에서 가장 아름다운
내 나라 대한민국

내 땅, 내 민족이
피투성이 되어
빈사의 상태였던
아니 솔직히 말해
남의 나라에
식민지였던 그때

절체절명의 순간에도
목숨 놓지 않고
끝없는 비상을 꿈꾸던
이 나라 대한민국이여,

마지막 피 한 방울까지
쏟아내야 하는
벼랑 끝 순명
천형처럼 내렸던
치욕과 통분의 날에
누가 너와 내 손에
태극기 들려
이 조국 지키게 했나

아, 삼월 일일
태극기의 물결 속
그 황홀한 헌신의 번제여.

우리들의 젊은 영령들 앞에
—사이판 한국인 위령탑에서

태평양 건너
먼 이국 땅
이 쓸쓸한 산천에서
생목숨 던져 잠드신 이들이시여

살점 찢기고 피 흘린 채
마지막 목숨 놓을 때까지
고국을 향해 머리 둔 사랑

힘없어 넘어져 찢겨진
내 나라 내 땅
세찬 바람 몰아쳐
살아도 산 것이 아닌 채
먼, 먼 이곳
절박한 파도에 쓸려왔다

바다 끝 수평선 너머로
잡힐 듯 고개 든 고향 땅
목 메인 그리움은
한 마리의 바닷새가 되어
떨리는 가슴으로 조국을 노래한다

여기 별처럼 아름다운
푸르디푸른 생명들
조국을 가슴에 안은 채
한 줌 하이얀 재로
잠들어 있다

우리들의 젊은 영령들이시여
오늘
내 등불을 밝혀
고국으로 건너오시는 길
환히 열어 놓겠습니다
부디 영령들이시여,
편히 쉬소서.

단오 날에
—그네타기

양 손끝은
날갯짓으로 하늘을 날고
발끝은 땅의 중심을 뚫는다

몸과 마음이
하나가 되는 순간의 불꽃
우주가 품안에 있다

온몸으로 하늘을 받아내는
오, 창공이여, 바다여, 대지여

핏줄들이 모두 일어서는
절정의 피돌기

눈끝, 차고 오르는
저 황홀한 나랫짓
공중으로 나는 치마폭마다
파도 이는 출렁임

세상의 신비를 열고
잠시 고삐 풀린 시간들은
차마 가슴 벅찬 전율

앞으로 내닫다 뒤로 물려
더욱 높게 솟아 오르는 하늘의 꽃
발아래 또 하나의 지평선을 긋는다

시간이 멈춘 순간의 침묵
그 속으로 일상의 상념들
공중의 그네를 덩달아 타고 있다.

어버이란 이름

내 손끝 닿는 곳
거기 우리들의
따스한 숨결 모아지고
깊은 밤이면
별빛 받쳐들고
두 손 모으는 영혼의 언어

피와 살이 한데 어우러진
끈끈한 살붙이들
늘 내 눈시울 적시고
눈을 떠도 감아도
사진처럼 또렷하게
가슴 밟히는
어버이란 이름이여

오늘 식탁엔
잎새 속 실핏줄 같은 혈육들이
서로의 어깨 도닥이며
기도의 불꽃 돋우고 있다.

노을

끝내 바다끝 수평선까지 내달아
발끝으로 버티다, 버티다
손 놓아 침몰하는 햇덩이.

기적 소리 들리시나요

어머니,
미장원에서 갓 나온
곱슬곱슬한 파머 머리
자랑처럼 반짝이며
나일론 가방을 손에 들고
영등포역 기차를 타신 지 얼마나 되셨나요

어머니,
서울 생활이 익숙지 않아
습관처럼 기차를 타고
친정 길 오르내리던 그 발걸음
아직도 향기로 남아 있어요

어머니,
세상살이에 지쳤어도
자식들 앞에
낯빛 한번 변치 않으시며
입성과 먹성을 늘 머리에 이고
사시던 나의 어머니

어머니,
지난 삶의 무게
혼자 감당해야 할 십자가처럼

한밤중에도 촛불을 켜시던
서러운 노래 나의 어머니
이 밤, 영등포역 기적 소리 들리시나요.

영등포역은

늦은 밤
영등포역을 지나는
기차의 빠른 속도가
'철거덕, 철거덕'
세상을 향한 자들을 위해
쏜살같이 달려간다

열차를 놓친 자들의
때 묻은 가방들의 아우성

봄, 여름, 가을, 겨울을 담은 채
하루를 뉘일 자리를 찾는다

누구도 알아볼 수 없는 모습으로
거친 어둠을 덮는다

날이 밝을 때까지
건성으로 눈을 감고
손바닥 반쯤 남은 추억
그 안으로 들어가
아무도 모르게
아름답고 슬펐던 상자를 꺼내 본다

늦은 밤 역사 안에서.

4부

봄날 아침은

날마다의 아침은
늘 처음인 새날
눈뜨며 만나는 햇살은
그래서 더욱 빛난다

온 땅 일으켜 세우는
봄날 들판은
겨울의 세상에서 건너 뛰어온
시간의 질량만큼
숨이 가쁘다

추운 땅 오래 묻어 두었던
숙성된 인내
우수 날 풀리는 강물에
뾰죽뾰죽 눈뜨는 나뭇가지들은
저마다 연록의 꽃이 된다

사랑처럼 충만한 몸짓으로
걸어오는 따뜻한 기운이
어느새 옷깃 여민 사이로
들어와 앉아 있다

나풀대는 봄날 아침에.

사는 날들

사는 날들이 하도 깊고 험해
들판으로 나섰다

평평한 논밭을 지나
작은 언덕에도 올랐다

거기 흐르는 소리
조금도 소리내지 않고
구름이 흐르고 있었다

짓궂은 바람으로도
발자국조차 남기지 않은 채
사라져 버리는 저 하늘의 명상

꽃 피고 나무들 푸르러져도
끝내 강물 속 깊게 침잠한
내 슬픔의 날개

그러나 사는 날들
해지면 어김없이 밤이 오는 것을

불빛 돋아나는 저녁 무렵에.

그렇게 물은

가다가 결코 뒤돌아보지 않는다

어깨 나란히 흐르다
구부러진 길 만나면 굽은 채로
험한 고집 부리지 않는다

그렇게 물은
끝없이 가다 만나는
태초 같은 낮은 땅 거기
내 허리 굽혀 입술을 묻는
너그러운 용서의 바다가 된다

늘 그렇게 물은
낮고 겸손한 곳
그곳을 향해
침묵으로 흐르기만 할 뿐.

이 봄날 한철

꽃들이 지상으로 내려와
한껏 꽃빛 자랑하지만
간 밤 내린 짓궂은 봄비에
피멍으로 떨어져 내린다

떨어져 나온 자리마다
새순 날개를 달고
점차 녹음은 또다시
살아갈 날들을 예비한다

차츰 잦아드는 이 봄날 한철
상사의 덫에
제 혼자 우는 그리움덩이
공원 속의 진달래.

푸른 봄날엔

강물이 몸을 푸는 봄날이면
잃었던 젊은 날 추억의 조각들
시린 손등 위로 사랑처럼 얹히고
향기로운 풀꽃으로 피어나네

강물이 몸을 세워 일어서면
잃었던 손가락 약속의 반지
어쩌면 강가에서 찾을지도 몰라
새빠알간 그 아픔 아물 것도 같네

발끝까지 저린 내 그리움이여
푸른 강이 풀리는 강가로 오라.

봄의 물가에서

봄이 젊음으로 달려옵니다

작은 자갈들이 모였던 시냇가에
솜털 보송한 갯버들을
처음으로 깨우고
이제 언 땅을 녹여 솟아난
싹들의 어린 얼굴들이 반갑습니다

황량했던 겨울의 들판도
모든 다른 곳처럼
신비로운 바람으로 살랑이고
그동안 외로웠던 상념들
고독한 영혼
앉았던 자리를 접고 일어섭니다

봄의 물가에는
자줏빛 꽃잎들로
한 편의 시를 노래합니다.

아리수 사랑

너는 잠들지 않고
내 나라 오천 년 지켜온
생명의 강물

이 겨레의
근육과 피 속에
억겁으로 흘러
이 땅의 기적을 낳았다

저기 저 강물을 보아라
한시도 눈 떼지 않고
이 겨레의 젖줄이 되어
살아 오른 목숨의 강

목마른 물결로 뒤척이며
수만 번 넘어지고
절망하여 더 이상
일어설 기력조차 잃었을 때
우릴 흔들어 깨워
손 잡아주며 용기 주던
우리들 어머니의 강

아, 너는 천 년의 강물
저녁 해 물든 강가에서
진홍빛 물 비단 펼쳐 놓고
이 민족 두 손으로 아우르는
넉넉한 가슴이여

지금도 쉬지 않고 흐르는
거룩한 조국의 강
핏줄의 강이여

영원하거라
우리들의 한강아!

물의 엽서

받아든 엽서에
파도를 실은 바다가 왔다

푸르른 물결마다 출렁이는
근육질의 사내
목줄기를 타고 내리는
목쉰 그리움

오늘 바다는
온몸의 핏줄 세우는
진홍빛 타오르는 태양.

봄날 저녁에

그토록 온 땅을 들끓게 하던
욕정도 끝이 나고
잎마다 꽃망울 부풀어
밤새 자란 봄의 성숙을 본다

투명한 햇살로
눈이 부신 거리는
혼자서 웃음을 뿌리고

하루의 생계에 짓눌린
서러운 가장은
헛기침 한 번으로
어깨를 추스르며
시장한 저녁을 겨드랑이에 끼고
귀가를 서두른다.

플라밍고를 위하여
―스페인 마드리드에서

한판 춤 굿으로
세상의 온갖 고통과 아픔 지우는
저 처연한 절규

하늘을 찌르는 마른 손끝은
몸부림이 되어 돋는 하얀 영혼

너의 기쁨과 눈물 위하여
치솟는 피 가라앉히고
모진 운명 앞에서
침묵으로 울음 우는
영원한 보헤미안이여

서러운 날이면
길 위로 꽂히는
수직 햇살마저
슬픔으로 절어
절반은 소리 없는 눈물로 고인다

수천만 번의 담금질로
발끝 장단 세우는
처절한 삶의 무늬들

오늘 저녁
바람도 없는데
플라밍고의 현수막은
세상 밖에서
혼자 흔들리고 있다.

봄이 되면

봄이면
지상을 엿보는
저 연록의 눈매들
광대나물 꽃, 냉이 꽃, 민들레
아니 키 큰 은행나무 수꽃이 꽃차례를 달고
마냥 눈웃음을 보낸다
이미 탯줄을 암꽃에 가둬 놓고—

바람이 불 때마다 봄의 정액은
마구 생명들을 불러댄다

너와 나
그렇게 뜨거운 몸으로 풀어졌던 날들
이제는 아슴한 생의 갈피 속에서
꾹꾹 눌려 실자국난 오래된 사진이 되어
심장 한복판을 휘돌아 나가고 있다
봄이
무리져 떠나는 사람들 틈에 밀려가듯이.

사월

이제 막 봉오리 열어
세상 기웃거리는
사월의 벚나무 가지들
그 사이로 성질 급한 목련은
벌써 희디흰 속살 여미고
누렇게 땅에 눕기 시작한다

나무마다 피고 지는
시간의 격차
참으로 하나님의 섭리
신기해라, 신기해라

햇살 잘게 부서지는
저 황홀한 꽃들의
사월 축제.

지금, 이 시간

잠들지 못한 밤이
다시 깨어나는 영등포역 근처 먹자골목
꽃보다 아름다운 사람 냄새가 있다

때를 거른 사람들에게
밥이 되어주고
죄를 회개치 못한 자들에겐
천국 갈 기회를 준다

화려한 불사위 속에서
혼자 섬이 되는 사이
'철거덕, 철거덕'
열차가 미끄러져 들어오고
문득 살아오는 동안
그 어디쯤에서 놓친
기억들이 백지로 남는 시간
내측 전전 두피질에서부터
뚜뚜 신호를 보내온다

어릴 적 고향의 언덕이
그리고 초록의 연한 잎새 밑에서
황홀히 꿈꾸었던 일들

내 생의 가장 깊은 곳에
나를 기다리고 있는
사람이 있다는 걸
처음으로 찾아내었다

지금, 이 시간.

*내측 전전 두피질 : 단서들을 짜 맞춰 완전한 기억을 떠올리게 하는 뇌의
가장 앞부분.

봄꽃 아리랑
―제4회 봄꽃 축제 축시

아직 품속으로 파고드는
목쉰 바람 남았는데
일시에 찾아든 봄꽃의 황홀

사월의 꽃들은
서로의 손 흔들며
무리지어 달려와
생명의 핏줄 풀어 풀어
땅속에서도
물속에서도 피가 돌아
이토록 눈부신
꽃들을 피운다

천상에서 허락된
매혹의 이 분홍빛 살결에
화상 입은 봄밤의 몸살로
무수한 꽃망울이 솟고 솟는다

봄밤의 꽃들
지천으로 피어나
젊음의 노래로
쏟아져 흐르는
저 환희의 역동

아리랑 아리랑 아라리요
아리랑 아리랑 봄꽃 아리랑

오늘 여기
봄을 마중하는
아름다운 땅에서
우리들은 하늘과 땅 사이
넉넉하게 베푸는 꽃잎 잔치에
서로의 어깨 다독이는 체온으로
여의 강변의 고운 꽃길을 연다.

낙화

꽃봉오리 터트릴 때마다
나는 낙화 기미를 눈치 챘다

이제 와서
최후를 맞는 너를
아무런 손도 쓰지 못한 채
말없이 허공으로만 눈길을 보낸다

금방이라도 천지를
삼켜버릴 듯 덤벼든
한철의 눈부심
순간의 황홀함도
무참히 쓸고 가는
계절의 순리 앞에
속수무책이다

오늘, 나는
꽃상여 지나는 길목에 서서
그저 쓸쓸히 손도 흔들지 못하는
청맹과니.

생명과 시간의 감화(感化), 그 진실

김송배
(시인 · 한국문인협회 시분과회장)

1. '생명의 몸짓' 혹은 '생존의 법칙'

현대시에서 시인의 사유(思惟)는 대체로 보편성을 초월하는 상상력으로 만유(萬有)에 대한 접근을 시도하는 경우가 있다. 이중에서도 생명성에 대한 집착 곧 존재문제에 관해서 작품으로 승화하는 시적 구도를 많이 접할 수 있게 된다. 이러한 시인의 의식은 자아(自我)를 포함한 모든 생명에 대한 존엄과 더불어 신비함을 탐색하고 거기에서 복합적으로 형성된 존재나 인간의 의미를 재발견하는 일이다.

현대시가 갖는 기능이나 효용은 바로 이러한 인식의 형상화 즉 재발견하는 과정에서의 상상력이 창조적으로 전환하여 거기에서 동시에 생성된 고뇌와 갈등 등이 성찰되고 화해하는 해법을 탐구하는데 초점을 맞춘다면 인간의 생명성을 재창조하는 시적인 진실이 포괄되어 있다고 보아야 할 것이다.

홍금자 시인이 시집 『잎새 바람』을 상재한다. 홍금자 시인은 이미 시집 아홉 권과 시선집 두 권을 펴낸 중견 시인으로서 우리 문단과 시인들 사이에서 그의 시력(詩歷)과 함께 작품성을 인정받은 바 있다. 지금까지 그가 추구하려던 서정적 자아의 시적 원류는 여성적인 사랑(自愛, 母性愛, 博愛 등)에 근원을 두고 인본주의의 실현을 다양하게 작품으로 승화했다는 호평을 받은 바 있다.

그러나 이 시집에서는 서두에 언급한 것과 같이 인간의 생명성에 대한 조화의 탐구에 강렬한 의식의 흐름을 순환하고 있다. 그것은 홍금자 시인의 시적 연륜뿐만 아니라, 인생의 궤적(軌跡)에서도 성찰과 관조(觀照)라는 인식이 성숙된 현실적 삶을 부정할 수 없는 시점에 와 있다는 사실을 간과(看過)할 수 없을 것이다.

그가 시집 '자서' 에서 '한 가지 분명한 것이 있다./시 쓰기의 즐거움이요, 행복감이다./인생을 살아가면서 이토록 분명히, 명료하게 말할 수 있는 말/바로 시를 만난 기쁨이다.' 라고 시와 인생과의 상관성을 표명하면서 이 인생문제 곧 생명성 탐구에 시적 주제를 투영하는 특징을 이해할 수 있게 한다.

그것은 그에게서는 하나의 '생명의 몸짓' 이며 나아가서는 '생존의 법칙' 이라고 대명제를 부여하고 있다. 그러나 이러한 생명은 생몰(生沒)의 섭리를 동시에 응시(凝視)함으로써 존재에 관한 문제를 더욱 심화(深化)하고 있다. 다음 작품에서 이해할 수 있을 것이다.

꽃잎들을
가슴으로 받쳐든다

정갈한 신부의 순결처럼
달콤했던 언어들도
푸른 잎새들 사이에서
숨을 거두고
또 다른 고통의
산실을 차릴 채비를 한다

머지않아 열매를 맺어야 하는
처연한 산고
어찌 사람뿐이랴

지는 꽃잎으로 하여
터져 나오는
또 하나의 생명의 몸짓.
―〈꽃, 그 죽음의 향연〉 전문

엄숙한 생존의 법칙 순응하며
어느 염세주의자의 독백처럼
거친 생명의 덤불 헤집고 섰다

죽어서 더 오랜 삶 누리며

백골로 전설을 만드는
저 요세미티 산상의 나무들처럼

오늘
나는 험한 생의 층계 오르듯
층층이 줄기 세워 잎을 달고
숲이 서럽도록 부는 청청한 바람을
벗은 가슴으로 맞고 서 있다.
—〈숲에서는 —층층나무 아래서〉 중에서

이와 같이 '생명의 몸짓' 은 '처연한 산고' 를 동반하게 된다. 이를 홍금자 시인은 '죽음의 향연' 이라고 인식을 단정하고 있다. 이것이 순환의 법칙이며 자연의 섭리이다. '달콤했던 언어들' 이 '숨을 거두어' 야 새로운 생명의 탄생이 있게 된다.

그는 또한 '엄숙한 생존의 법칙' 을 '순응' 한다. '죽어서 더 오랜 삶' 을 '누리' 는 영원성도 희구(希求)하면서 '오늘/나는 험한 생의 층계' 를 오르고 있는 것이다. 이러한 순응의 진실은 '곤두박질치는 세상살이에도/여전히 약속된 날짜 잊지 않고/지키는 그 생명에 가슴 벅차다(〈계절은 비밀처럼〉 중에서)' 거나 '사멸에서 또 다른 생명을/일으켜 세우는/아픈 보석밭이다(〈분홍빛 호수 —세네갈 소금호수에서〉 중에서)' 는 등의 어조(語調)에서 명징(明澄)하게 나타나고 있다.

이처럼 생명성에는 유한적(有限的)인 요소가 결국 생성과 소멸(혹은 사멸)이라는 대위적인 언술로 표명되는데 이는 다음과 같은 양상으로 분화(分化)하고 있다.

—윤곽으로만 떠 있는 낮달을/싱겁게 목에 건 키 큰 소나무/
그 곁으로 아무렇게나 뒹굴고 있는/아픈 생명들이 있다(〈저무
는 시간들 위로〉 중에서)
—나른한 일상에서/새 생명을 얻듯/날개 없는 탈출을 시도한
다(〈태어나는 것은 모두 아름답다〉 중에서)
—여기 별처럼 아름다운/푸르디푸른 생명들/조국을 가슴에
안은 채/한 줌 하이얀 재로/잠들어 있다(〈우리들의 젊은 영령들
앞에〉 중에서)
—생명의 소멸/분홍빛 유혹이다(〈분홍빛 호수〉 중에서)
—너는 잠들지 않고/내 나라 오천 년 지켜온/생명의 강물(〈아
리수 사랑〉 중에서)
—바람이 불 때마다 봄의 정액은/마구 생명들을 불러댄다
(〈봄이 되면〉 중에서)

홍금자 시인의 생명성은 '푸르디푸른 생명들'이 '잠들'었거
나 '아픈 생명'이며 '소멸'이지만, 반대로 '새 생명'과 '생명의
강물'로 창조적인 면을 동시에 표징하고 있어서 생명의 순환을
조감(照鑑)하면서 존재에 대한 의미에 천착(穿鑿)하는 것으로
이해할 수 있다.
우리 현대시사에서도 1936년 11월에 함형수, 오장환, 서정주,
유치환 등이 동인 〈시인부락〉을 결성하고 현대문명에 의해 변
질되지 않는 인간의 생명과 그 본질과 근원을 추구하려는 경향

의 생명파 시인들이 활동한 적이 있었다.

2. '시간의 질량'과 '봄'의 교감

홍금자 시인은 이러한 생명성도 시간성을 배제할 수 없다는 인식을 수용한다. 시간이 단순하게 과거를 회상하거나 현재의 실재(實在)를 고뇌하거나 또는 미래를 조망(眺望)하는 보편적인 정서가 아니라, 무한의 시간 앞에서 시인의 상상력은 무한의 영원성을 음미하는 시적 정황이 발견된다.

꽃 피기 전
어김없이 꽃샘추위가 온다
철 아닌 눈바람에
성질 급한 개나리가 혼절을 한다

우수 날도 지난 지 오래다

황량한 시간의 긴 끈은
여전히 풀릴 줄 모르고
봄날 하루 종일 하얀 눈을 쏟는다

생나무 울타리 사이를 비집고
봄풀 냄새가 생의 깃발 세우며
이른 저녁 상 머리에 나풀댄다.

위의 작품 〈그래도 봄은〉 전문에서 보는 바와 같이 '황량한 시간의 끈'이 '봄'이라는 시간성에 융합(融合)하여 '생의 깃발을 세우'고 있다. 홍금자 시인은 구체적으로 '봄'을 적시(摘示)하여 시간과 생의 상관관계를 조화하려는 어조로 탄생의 이미지로 형상화하고 있다.

일찍이 영국의 시인 워즈워스는 봄철의 숲 속에서 솟아나는 힘은 인간에게 도덕상의 악과 선에 대하여 어떠한 현자(賢者)보다도 더 많은 것을 가르쳐 준다고 했다. 이러한 봄의 메시지는 활기찬 생명의 출발로써 혹은 부활로써 자연에게 우리 인간이 동화(同化)하는 신선한 교훈적 정서를 제공한다.

홍금자 시인의 '봄'은 '잠시 머무는 지상의 꿈/꽃눈 퍼붓듯 쌓여가는/봄밤의 아픔(〈봄밤은〉 끝부분)'이기도 하지만, '봄밤의 꽃들/지천으로 피어나/젊음의 노래로/쏟아져 흐르는/저 환희의 역동(〈봄꽃 아리랑〉 중에서)'이기도 하다. 이것은 '꽃이 피기 전/어김없이 꽃샘추위가' 오는 것과 같이 산고(産苦)의 아픔이며 동시에 '황량한 시간의 긴 끈'을 풀고 나타나는 환희이다.

그러나 그는 '봄'이라는 특정의 계절 감각에서 '쌓여만 가는 시간의 층계(〈맨살의 강물은〉 중에서)'에서 시간성을 강하게 부각(浮刻)하는 특징을 이해하게 되는데 '시간의 질량'은 다음과 같이 표징된다.

내 안에
마지막 남은 고운 것들

내가 뿌린 저것들의

가는 길 위에

마지막 남은 시간의 잔을 들어

보석처럼 뿌리고 싶다고

두 손 들어 간구한다
　―〈나는 여자다, 나는 어미다〉 중에서

날마다의 아침은

늘 처음인 새날

눈뜨며 만나는 햇살은

그래서 더욱 빛난다

온 땅 일으켜 세우는

봄날 들판은

겨울의 세상에서 건너 뛰어온

시간의 질량만큼

숨이 가쁘다
　―〈봄날 아침은〉 중에서

어둠이 지상으로

깊게 엎드리는 시간

밤은 스스로 빛을 발하고

살아 있는 모든 것들은

출렁이기 시작한다

꽃잎들의 저 처연함

이날을 위해

묻어 두었던 목숨들이다

—〈윤중로의 밤〉 중에서

그렇다. 여기에서 간과할 수 없는 시간은 '마지막 남은 시간
의 잔' 과 '어둠이 지상으로/깊게 엎드리는 시간' 과 '겨울의 세
상에서 건너 뛰어온/시간' 이다. 그것은 그 '시간' 을 응시한 시
점이 바로 '마지막' 이거나 '어둠이 지상' 에 깔리는 시점, 이제
성숙된 인생의 시간이다.

이러한 '시간의 질량' 은 '꽃잎들의 저 처연함/이날을 위해/
묻어 두었던 목숨들' 과 '겨우내 부활을 꿈꾸었던/만삭의 침묵'
이 '봄날 들판' 에서 '숨이 가쁘' 면서도 '더욱 빛' 이 나고 있다.
그래서 그는 시간을 향해 '보석처럼 뿌리고 싶다고/두 손 들어
간구' 하는 형태의 시법으로 생명성과 시간성의 감화를 통한 존
재의 가치관을 재정립하고 있다.

이 외에 홍금자 시인의 시간에 대한 형상화는 다음과 같이 표
징되고 있어서 그가 궁극적으로 탐색하려는 시간의 개념은 '시
간이 멈춘 순간의 침묵' 과 '시간의 격차' 그리고 '저무는 시
간' 과 '기억들이 백지로 남는 시간' 이다. 이것이 그가 시간과
인간의 상관관계에서 추출한 시적 진실이다.

—세상의 신비를 열고/잠시 고삐 풀린 시간들은/차마 가슴 벅찬 전
율 (중략) 시간이 멈춘 순간의 침묵/그 속으로 일상의 상념들/공중의

그네를 덩달아 타고 있다(〈단오 날에 ―그네타기〉 중에서)

―나무마다 피고 지는/시간의 격차/참으로 하나님의 섭리/신기해라, 신기해라(〈사월〉 중에서)

―저무는 시간들 그 위로/세상은 아름답게 물들어 가고 있다(〈저무는 시간들 위로〉 끝 연)

―문득 살아오는 동안/그 어디쯤에서 놓친/기억들이 백지로 남는 시간(〈지금, 이 시간〉 중에서)

3. 기도와 영혼의 언어를 위하여

홍금자 시인은 다시 영혼의 언어를 위하여 기도한다. '내 손 끝 닿는 곳/거기 우리들의/따스한 숨결 모아지고/깊은 밤이면/별빛 받쳐들고/두 손 모으는 영혼의 언어(〈어버이란 이름〉 첫 연)' 를 위한 기도이다.

눈발에 묻어 내리는 어둠이

나직이 수은등 밑으로 가라앉고

영혼이 시린 이들이 돌아오는 길 위에

하얀 적요의 빛을 뿌린다

희디흰 것에 마냥 서투른 사람들은

애써 지나간 시간의 허물들을 지워 보지만

묵은 세월의 흔적들은 여간해 놓질 않는다

거칠고 더러워진 손

지치고 메마른 가슴들은
추위에 헐벗음으로 서서
그래도 땅 위로 공평하게 내리는
절대자의 은총을 겸손히 받는다

처음으로
사람이 사람을 만나고
어그러져만 가는 세상의 소용돌이
그 자리에 세워 놓은 채
목숨을 아끼는 아름다운 세상이기를
고백처럼 눈시울 적시는 기도를 드린다
첫새벽에.
　―〈첫새벽 기도〉 전문

꼭 이 밤만이라도
추위 떨고 있는
우리들의 무거운 영혼들
성탄을 밝히는
사랑, 용서, 화해의
등불을 켤 수만 있다면
이 성탄 날에.
　―〈성탄 날에〉 끝 연

그가 '첫새벽'이나 '성탄 날에' 하는 기도로 보아서 '시린 영혼' 이나 '무거운 영혼' 에게 띄우는 메시지는 '사랑, 화해, 용서' 로 집약된다. '절대자의 은총' 으로 '지나간 시간의 허물들(혹은 '묵은 세월의 흔적들')과 '추위에 헐벗음으로 서' 있는 자(혹은 '추위에 떨고 있는/우리들')들과 '어그러져만 가는 세상의 소용돌이' 를 위해 그는 기도한다.

이러한 그의 기도는 돈독한 신앙심에서 발원하겠지만, 시의 위의(威儀)에서도 보편적인 효용의 범주(範疇)에서 시인이 추구해야 할 시적 진실이다. 현대시는 형이상학적인 정신세계를 탐구하는 것은 필연이다.

홍금자 시인은 일찍이 볼테르가 시는 위대하고 다감한 영혼의 음악이라고 한 말을 실천이라도 하듯이 이처럼 영혼과의 교감을 그의 사유에서 중심축을 형성하고 있다. 그는 자신뿐만 아니라, '목숨을 아끼는 아름다운 세상' 을 위해서도 기도하고 '냉골을 베고 자는 지하 단칸방/일곱 살 은영이의 눈물' 을 위해서도 기도한다.

그는 신앙인으로서의 기도가 결국 인간의 존엄과 올바른 사회 즉 현실적 고뇌와 갈등들을 화해하는 최선의 방법을 강구하는 시의 본령(本領)에 최상의 의미를 투영하고 있는 것이다.

그러나 '거리엔 영혼이 저린 사람들이/한 움큼의 온기를 기다리고(〈욕망의 무게〉 중에서)' 있으며 '그동안 외로웠던 상념들/고독한 영혼/앉았던 자리를 접고 일어(〈봄의 물가에서〉 중에서)' 서는 황량함과 고독에 대한 해법을 찾는 '한 편의 시를 노래' 하고 있다.

이처럼 간절한 호소력이 충만된 작품에는 〈새벽 예배당 가는

길〉, 〈예수님의 밤〉, 〈오늘 밤은〉, 〈별과 아이들〉 등에서 적나라
(赤裸裸)하게 확인할 수 있을 것이다. 그는 드디어 '저무는 언
덕에/지극한 찬미의 피리소리/아직도 청청하고/오랜 세월 묻어
둔 세상에서 가장 아름다운/영혼들을 만(〈십자가의 언덕〉 중에
서)' 날 수 있게 된다.

이것이 생명과 시간에 투사(投射)된 지적 사유와 혜안(慧眼)
으로 진실을 추출해낸 인생 미학이며 홍금자 시학이라고 할 수
있다.

4. 보편적 정한(情恨)의 형상화

홍금자 시인은 다시 서정적 자아에 몰입한다. 보편적인 정한
을 승화하는 시법이 일상성이지만, 그것을 초월하는 끈끈한 인
간의 정과 어떤 내밀(內密)한 그리움이 내재되어 있다. 그의 정
한은 다음과 같이 나타나고 있다.

여자는 어미 캥거루

배 주머니 속에 가득

고통의 눈물 담고 산다

아픈 상처 다독이며, 봉해 가며

맨발인 채 그렇게 살아간다.

　　―〈여자는〉 전문

두 그루의 낭구가

버팀목에 기댄 채
몸을 불리고 있다

세월이 건네준 시간 위로
허리도 제법 굵어지고
키도 자랐지만
어미는 늘 눈이 여리다
―〈독백처럼〉 중에서

어머니,
지난 삶의 무게
혼자 감당해야 할 십자가처럼
한밤중에도 촛불을 켜시던
서러운 노래 나의 어머니
이 밤, 영등포역 기적 소리 들리시나요.
―〈기적 소리 들리나요〉 중에서

이는 '여자' 와 '어미' 와 '어머니' 라는 공통점을 갖는다. '고
통의 눈물' 과 '아픈 상처 다독이며' '그렇게 살아' 가는 시적
정황이나 그 정황에 포괄된 이미지는 여성이라는 동시성을 갖
는다. 그러나 '어미는 늘 눈이 여리다' 는 어조에서 모성적 정감
을 이해하게 되고 '기어이 독백처럼/"자식은 내가 만든 빛이거
늘."' 하고 '두 그루의 낭구' 에게서 체념을 하게 된다.
　그는 다시 '한밤중에도 촛불을 켜시던' '나의 어머니' 를 향

한 모정(母情)을 순정적으로 표현하고 있다. 이것은 '어미'로서의 정감과 딸로서의 '어머니'에 대한 정감이 대위적으로 교차하고 있어서 일상적인 효(孝)의 개념보다는 시인의 인간적인 정한이 그의 시적 원류를 형성하여 내면에 침잠(沈潛)되었다가 분사(噴射)하는 생명적 주제를 확연하게 전해 주고 있다.

어찌 보면 그리움이며 기다림이다. 이 시집의 표제시가 되는 〈잎새 바람〉에서 이를 교감할 수 있을 것이다.

그대,
맑은 이슬로만 이는 바람이여
눈부신 햇살 속에서
남몰래 키워온 잎새의 비밀
서로의 가슴과 가슴을 맞대고
세상의 거센 폭풍 맞으면서도
넉넉히 품는 그리움이여
고향의 순하디 순한 풀밭에서
맨발로 일어서는 잎새 바람이여.

홍금자 시인은 이처럼 그리움에 대한 사유를 '고향의 순하디 순한 풀밭'에서 멈춘다. 이 '넉넉함'이 있는 고향은 어머니와 함께 생명의 모태로의 그리움이 여실(如實)하게 사무친다. 이 그리움은 또 다른 기다림으로 전환하는데 그것은 성찰의 범주에서 분화하는 인식의 한 단면이다.

이미 오래 전
겨울이 봄을 기다리듯이
세상 것 다 부려 놓고
목줄기 세워
또 다른 생 하나를 기다린다

위의 작품 〈봄, 그리고 침묵〉에서 읽을 수 있듯이 '또 다른 생 하나' 라는 고차원의 존재에 관한 의미의 투영 즉 영혼과의 형이상적인 교감을 기대하는 것으로 이해되어야 할 것이다. 그러나 그가 '내려앉은 상실, 그리고 존재(〈젊은 아비의 겨울〉 중에서)' 라는 어조는 기원의 의식으로 변전하는데 '짓궂은 바람으로도/발자국조차 남기지 않은 채/사라져 버리는 저 하늘의 명상(〈사는 날들〉 중에서)' 과 '부끄러운 삶' 을 화해하거나 해소하려는 인식의 전환으로 시의 구도를 형성한다.

그물 진 잎새 만큼이나
주름진 얼굴이다
그 위에 하얀 분을 입혀 본다
웬일일까
더욱 선명하게 파인 계곡들

짙은 녹음이
숲으로 쌓여져 가는 날

지나온 허구의 생들이

목덜미까지 차올라

칭칭 동여 맨 끈들로

꼼짝없이 갇혀 있다

단단한 각질로

또렷이 각인된 허물들

저 초록 물 훔쳐

부끄러운 삶 조각들

곱게 물들이고 싶다.
　　　―〈생의 조각들〉 전문

　이처럼 홍금자 시인은 지금까지 살펴본 생명과 시간 그리고 영혼은 결론적으로 자아의 성찰에서 획득한 휴머니즘의 정립을 위해서 간절한 기원으로 정착하고 있다. ‘지나온 허구의 생들’ 은 과연 우리들에게 어떤 가치관과 인생관을 제공했느냐 하는 원론적인 인본(人本)의 근원을 탐구하면서 그가 간직한 소중한 진실을 기원으로 진술하고 있다. 그것이 바로 ‘부끄러운 삶 조각들/곱게 물들이고 싶’ 은 것이다.

　이제 홍금자 시집 『잎새 바람』에 대한 읽기를 마무리해야겠다. 그는 누가 뭐라해도 서정 시인이다. 그의 서정성은 시적 소재의 취택에서 ‘봄’, ‘물’, ‘꽃’ 등 자연 서정과 인간 본연의 정감을 다양하게 응시함으로써 현대시의 기능과 효용을 충족시키고 있다.

　현대시가 이러한 서정성을 요구하는 것도 우리 현대시사에서 참여시, 민중시 나아가서는 민족시라는 이름으로 사회성 짙은 작품을 쓰는 시인들의 의식이 곧 민중을 빙자한 변질적 요소를 가미한 점을 감안한다면 우선적으로 인본문제와 자연 서정 등 우리의 삶(존재)과 무관하지 않은 소재와 주제의 승화는 당연한 것인지도 모른다.

또한 현대시의 언어문제도 동일하다. 언어는 상상적이면서 본질적인 감동을 표현하는 수단이라면 이미지와 상징, 운율 그리고 수사기법 등이 함축적으로 조화를 이루어야 함에도 불구하고 일상 구어체 중에서도 상소리 등을 직설적으로 표현하는 소위 민중 시인들의 언어는 독자와의 괴리(乖離)만 있을 뿐이며 공감을 획득하는 데는 실패하고 있다는 사실이 작금의 우리 시의 실상이다.

홍금자 시인은 이러한 실태를 타파하고 자신의 진솔한 언어와 시법으로 순박하면서도 이미지와 주제가 확연한 작품에 몰두함으로써 우리 시의 미래를 한층 빛나게 그리고 독자들의 공감영역을 확대할 것을 확신한다. 그에게는 이미 준엄한 신앙심과 성숙된 인생관과 더불어 긴 세월을 시와 동행한 연륜을 신뢰하기 때문이다.